KB181851

한국 희곡 명작선 50

그림자 재판

한국 희곡 명작선 50

그림자 재판

오태영

평민사

오
페
라

그림자 재판

등장인물

최박
부장검사
검사2
유희
판사
장모 (1인 2역 소영)
프로파일러 (기자)

오프닝

대걸레로 바닥을 닦는 청소부 김씨 (여)
손걸레로 먼지를 닦는 청소부 이씨 (남)

김씨   (경상도 사투리) 이런 씨부럴 꺼믄 유착, (빡빡 문지르며) 꺼믄
유착!

이씨   (전라도 사투리) 아따 뭐 잘 못 먹었나, 뭐라 씨부리는 거여?

김씨   꺼믄 유착이라 안카나. 꺼믄 유착

이씨   고거이 뭔 말이여?

김씨   검찰이 언론이랑 붙어 가꼬 나라를 말아먹으려 안하나?
시꺼먼 것들이 껌딱지 달라붙듯 딱 붙어 가꼬

이씨   이 무식한 여편네야. 꺼믄 유착이 뭐다냐? 검언유착이지
검언유착!

김씨   꺼문 유착이나 거믄 유착이나! 둘이 붙어 지랄염병하고
뒷구녕에서 호작질 해가 나라가 안 시끄러우냐?

이씨   아따 김씨가 여서 그리 씨부린다고 머시 달라지것소. 달
라지는 거 하나 없당게!

김씨   그라이. 대검찰청에서 대걸레로 꺼-믄 거라도 닦아낼라
안카나. 빡빡, 빡빡! (화풀이 하듯 빡빡 문지른다)

이씨   무식한 여편네가 성질까지 더러워요. 여기 검사님들로
말할 것 같으면 국가와 민족을 위해 공부도 허벌나게 많

이 하신 분들로…… 딸 가진 재벌들, 검사 사위 얻으려고 주르르 줄을 선다, 줄을 서!

김씨 하이고마 눈깔이 삐었다. 내 딸 가시내 검사하고 결혼한다 카믄 다리몽둥이를 부러뜨릴 거다.

이씨 어허, 이 무식한 여편네. (바로 서서 폼을 잡는다. 검사 선서를 흉내 낸다) 나는 이 순간 국가와 국민의 부름을 받고 영광스러운 대한민국 검사의 직에 나섭니다.

김씨 지랄 염병하네, 염병해.

이씨 (아랑곳 하지 않고 더 폼 잡으며) 공익의 대표자로서 정의와 인권을 바로 세우고 범죄로부터 내 이웃과 공동체를 지키라는 막중한 사명을 부여받은 것입니다. 나는 불의의 어둠을 걷어내는 용기 있는 검사, 힘없고 소외된 사람들을 돌보는 따뜻한 검사,

김씨 지랄! 잘도 불의의 어둠을 걷어내다!

이씨 오로지 진실만을 따라가는 공평한 검사, 스스로에게 더 엄격한 바른 검사로서, 혼신의 힘을 다해 국민을 섬기고 국가에 봉사할 것을.

김씨 (대걸레로 휘저으며) 지랄한다. 언놈의 검찰이 진실만을 따라가? 스스로에게 엄격해서 성상납도 모자라 성추행하고 자빠졌니?

이씨 아니 이 여편네가 어디서 우리 검사님들을…….

그렇게 티격태격하는데 밖에서 인기척.

둘, 청소 도구 챙겨들고 허둥지둥 퇴장하는데.

1장. 검사실

조명이 한곳에만 떨어져 내린다.

유희, 진술하기 시작한다.

유희　그걸 다시 말하라고요? 그건 고문이에요. (마음을 정리한 뒤) 그건 수치심을 넘어…… 동물이라도 그렇겐 할 수 없어요. 인간이 어떻게 인간을 이렇게까지 망가뜨릴 수 있는 거죠? 차라리 죽어버릴까 생각도 했어요. 자살해버리면 이런 고통과 수치심에서 벗어날 수 있지 않겠어요? (분노, 거칠다) 그건 육체에 대한 폭력이 아니에요, 아세요? 인간의 정신을 쇠절구에 넣고 분쇄하는 거라고요! 인간의 영혼을 송두리째 분쇄기에 넣고…… 그렇게 당했어요. 강력 세척제로 씻는다고 내 몸이 깨끗해지겠어요? 평생 떨쳐버릴 수 없는…… 이제 나는 하나님도 믿지 않아요. 아니, 아니에요, 어떻게 해서든 그놈을 잡아다 하나님 앞에 무릎 꿇게 할 거예요. 다른 사람 심판은 필요 없어요. 하나님이 심판해야지.

（사이）물론 그 남자 처음부터 무섭고 포악하진 않았어요. 처음엔 가벼운 농담과 부드러운 미소로 다가왔어요. 방에서 빈둥빈둥 딩굴딩굴 하는 게 뭔지 아냐고, 방글라데시라고. 그런 농담도 하고 동화책도 얘기했어요. 숲속에 잠

자는 공주요. 그리고 요구하기 시작했죠. 잠든 모습을 보고 싶다고. 잠든 모습은 천사 같을 거라며 침대에 누워보라고. 그러면서 돌변하기 시작했어요. 악마는 처음부터 악마의 모습으로 다가오지 않는다는 걸 그때 깨달았어요. 드디어 숨기고 있던 이빨을 드러내기 시작한 거죠.

검사   (모습은 보이지 않는다) 그래서 침대에 누웠어요?

유희   네 조용히 눈을 감고. 그 남자한테선 싸구려 향수 냄새가 풍겼어요.

검사   혹시 당신이 유도한 건 아니에요? 그렇게 되도록? 의도적으로 유혹적인 자세를?

유희   (격한 반응) 말도 안 돼! 남자들은 똑같아! 다 이런 식이야! 끝까지 저항하면 성폭행이란 있을 수 없다고?

검사   알았어요, 흥분하지 마시고.

유희   (흥분을 멈출 수 없다) 끝까지 저항하면 당장 죽는데…… 목 졸려 죽는데…… 죽으면서 저항해라? 네가 당해봐! 네가 한번 당해보라고. 그따위 소리 할 수 있는지!

검사   (비로소 조명 아래 모습을 드러내며) 됐어요. 흥분 가라앉히시고.

유희   (아직도) 죽어서 저항하라고? 죽어서? 이게 법이야? 이런 개 같은 법도 법이냐고!

검사   자 진정하고. 이쪽으로 앉아요.

둘, 책상 앞에 마주 앉게 된다.

검사　옛날 법은 그랬죠. 남성문화에 관대하고 그래서 어처구니없이 불평등한 법. 이젠 많이 바꿨잖습니까? 약자들 편에.

유희　그런데 나한테 그런 의심을…… 나는 갈기갈기 찢긴 여자예요. 내 몸과 영혼 모든 게! 그런데 내가 유도했다고요?

검사　의심이 아니라 사실을 사실대로 명확히 해야 됩니다. (진술서 펼치며) 아가씨가 고발인이에요. 맞죠? 그런데 혐의가 증명되지 않으면 어떻게 되느냐? 무고죄가 돼요, 명예훼손이 되고. 되레 아가씨가 걸려들게 돼요. 그래서 정확을 기하자는 겁니다.

유희　무고죄라니? 피해자인 내가요?

검사　혐의를 증명하지 못하면, 그렇게 돼요. 오히려 아가씨가 되치기 당할 수도 있다니까. 무죄추정의 원칙이라고 들어봤어요? 그런 맹랑한 조항이 있어요. 거지발싸개 같은.

유희　말도 안 돼, 그럼 내가…… 없는 얘길 꾸며냈다는 거예요? 지금?

검사　없는 얘길 꾸며냈다는 게 아니라 사실이 중요하는 겁니다. 혐의만 가지곤 곤란하고 사실이 증명 돼야.

유희　(울 듯) 다 똑같아. 아무도 믿을 수 없어! 검사라는 사람이 이렇게 나올 줄 몰랐어.

검사　진정하고…… 그만큼 혐의를 증명하는 게 힘들다 이겁니다. 그래서 우리 검사도 해먹기 힘들어요. 죽겠다고요.

자 그래서 어떻게 됐어요? 침대에 누워 눈을 감았다.

유희　…….

검사　(독촉하듯) 계속하세요. 기억하기 고통스럽다는 거 알지만
　　　진술서가 있어야 해요. 자.

유희　기억이 정확한지 모르겠지만 그 순간부터…… 야수로
　　　돌변한 것 같아요. 갑자기 거칠게 찍어 누르면서…… 아
　　　니…… 먼저 손을 잡았나 봐요.

검사　어느 게 먼저예요? 거칠게 찍어 누른 게 먼저예요? 아니
　　　면 손잡은 게 먼저예요?

유희　(생각하며) 손잡은 게…… 먼저 같아요.

검사　(대수롭지 않다. 불성실한) 됐어요, 그건 중요한 게 아니
　　　고…… 5일 전이라 했죠? 성폭행 당한 시기가.

유희　네.

검사　그런데 왜 이제 와서 고소장을…… 진작에…… 당일 날
　　　뭣하면 바로 다음날이라도 할 수 있었잖아요?

유희　무서웠어요. 알려지는 게 부끄럽고…… 뭘 어떻게 해야
　　　할지 몰랐다고요! 그냥 죽고만 싶고…… 어떻게 해야 할
　　　지 몰랐다고요!

검사　좋아요. 얼굴은 기억해요? 그 남자?

유희　그 사람은 두 얼굴을 하고 있었어요.

검사　얼굴이…… 둘이라고요?

유희　맞아요, 두 얼굴. 친절한 미소를 던질 땐 선한 얼굴이었
　　　는데…… 야수로 변하는 순간……그때부터 악마의 얼굴

이었어요.

검사   얼굴이 둘이라면……?

밖에서 어지러운 발걸음소리. 실랑이하는 소리가 들린다.

검사   (소리 나는 쪽으로 시선 돌린다)…….
유희   (시선을 돌린다)…….

실랑이 소리가 점점 가까이 다가온다.

검사   (급히 일어나며) 아가씨 잠깐 이쪽으로…….
유희   (영문 몰라, 엉거주춤 일어난다)…….
검사   (옆방 쪽으로 가며) 이쪽 방으로…… 신원이 공개되면 안 되
니까…… 이쪽으로
유희   그 사람……? 그 남잔가요?
검사   아니오. 글쎄요, 몰라요. 어쨌든 이쪽으로

검사와 유희, 그렇게 옆방 쪽으로 퇴장한다.
잠시 뒤 문 벌컥 열리며 부장검사에 의해 최박이 끌려 들어온다.

최박   놔요! 이거 놓으라고! 대한민국 검찰, 이래도 되는 겁
니까?
부장   당신은 1차 2차에 걸친 출두 명령을 거부했어! 해서 법

에 따라 강제 구인하는 것이오.

최박 내가 왜 출두 명령을 따라야 합니까? 그럴 이유가 없는데 왜 끌려 나와야 하냐고요? 난 응할 수 없어요! 가겠다고! (돌아서 나가려 한다)

부장 (급히 따라가) 이봐! 이봐!

부장검사, 나가려는 최박을 잡는다.

부장 (격식에 따라) 당신을 정식으로 체포합니다. 당신은 이제부터 묵비권을 행사할 수 있으며 변호사를 선임할 권리가 있소.

최박 묵비권이라니? 나 입 있어요. 잘 못한 게 없는데 내가 왜 묵비권을 행사해? (하다가) 아하 요거 뭔지 재미있네. 그러니까 침묵해라? 그냥 입 다물고 검찰에서 하라는 대로 얌전히 받아들여라? 아니, 나 입 있어. 난 하고 싶은 말 다 하겠소.

부장 그건 알아서 하고, 자 이쪽으로 앉아.

최박 (앉지 않는다) 우선 그것부터 봅시다. 출두명령인지 소환장인지 그것부터.

부장 (서류를 내 준다)

최박 (받아 읽은 뒤) 이봐요. 여기 명시되어 있잖아요. 소환대상은 내가 아니라.

부장 맞소. 소환대상은 며칠 전 당신이 꾼 꿈이오.

최박	그러니까 무시하지. 출두명령 같은 거. 혐의 대상이 내가 아니라 꿈이잖소, 꿈!
부장	그렇소, 당신 꿈. 위험해! 시한폭탄이야! 뭐? 혁명으로 국가체제를 전복시키겠다? 어떻게 이런 꿈을 꾸시나?
최박	(몰라) 혁명이오?
부장	그래, 국가전복.
최박	꿈이?
부장	그래 꿈!
최박	(느닷없이) 웃기는 사람들이네. 그럼 나가 체포하지 뭐하는 겁니까? 꿈이 잘 못했으면 꿈을 체포하세요. 당장 나가서. 공연한 사람 와라가라 죄인 취급하지 말고.
부장	그러니까 잡아왔잖아! (최박의 이마를 쿡쿡 찌르며) 바로 여기, 여기 들어 있잖아! 이 속에!
최박	(머리를 가리키며) 이 속에? 그 꿈이? 그걸 어떻게 증명합니까?
부장	증명?
최박	네.
부장	(책상을 치며) 네놈이 만들어 냈잖아. 이 대갈통 속에서.
최박	나는 단지 꿈을 꾸었을 뿐이지, 내가 만들어내지 않았어요. 그러니까 내 꿈도 아니오.
부장	요거 봐라 요 수작.
최박	내가 꾸었다고 해서 어떻게 내 꿈이란 겁니까? 지금 이 순간 다른 사람도 그런 꿈을 꿀 수 있는 거 아닙니까?

부장 꿈이 바이러스라도 된다는 소리야? 이 사람 저 사람 옮겨 다니게!

최박 꿈은 특정 개인의 전유물이 아니란 말입니다. 이 사람 저 사람 서로 비슷한 꿈을 나누어 꾼다고요. 검사님은 어려서 이런 꿈 경험 안 했어요? 높은 데서 떨어지는 꿈?

부장 아 그거야…… 꿔봤지, 나무에서 떨어지는 꿈. 그거야 어려서 누구나 한두 번씩……

최박 그거 보세요. 같은 꿈을 다른 사람도 꾼다, 이겁니다. 내가 꾼 것과 똑같은 꿈을. 그래서 집단무의식이라는 거 아닙니까.

부장 (위압적이다) 시끄러! 다른 사람도 그런 꿈을 꾼다, 이거야? 혁명에 의한 국가전복의 꿈을!

최박 그러니까 꿈 아닙니까. 꿈인데 무슨 짓은 못 합니까? 꿈이! (하다가 사이) 아니 그런데 여기서 혁명이 왜 나옵니까?

부장 꿈에 내용이 그렇잖아! 네놈 꿈을 해석하면…… 아니 해석할 필요도 없어. 그냥 그대로 혁명이야, 리얼하게!

최박 (몰랐다는 식) 아 그래요?

부장 (조롱하듯 흉내) 아하 그래요?

최박 난 동의할 수 없습니다. 나는 다만 너무 야하고 음란해서…… 네, 그건 음란한 꿈이라고요. 누구한테 말하기도 창피한…….

17

부장   (싸늘해진다) 아직도 상황 파악을 못하는구만.

최박   (약간 주눅) 사실입니다. 진실로 나는…… 국가전복을 꿈꾸지 않았어요. 그 꿈이 국가전복을 꿈꾸는지 모르겠지만.

부장   (책상 치며 버럭) 꿈이 국가전복을 꿈꾼다? 지금 나하고 말장난하는 거야!

최박   말장난이 아니라…….

부장   (험악하다) 말장난이 아니면? 꿈이 어떻게 국가전복을 꿈꿔? 네놈이 국가전복을 꿈꾸는 거지!

언제 나왔는지 검사2가 기웃하며 지켜보고 있다.

최박   이상한 쪽으로 몰아가지 말아요. 나는 절대 국가전복을…… (하다가 각오한 듯) 좋습니다. 그럼 정식으로 요구하겠습니다. 그건 내가 꾼 꿈이지만, 그것까지 부정하진 않겠습니다. 하지만 그걸 어떻게 증명할 겁니까? 그 꿈이 내 것이라는 것을……그걸 증명해 주면 순순히 조사에 협조하겠습니다.

부장   (예측하고 있었다) 하하, 이렇게 나올지 알았지. 법적으로 증명하라, 과학적으로! 요렇게 나올 줄 알았어! 저번에도 넌 그렇게 빠져나갔어. 하지만 이번엔 쉽지 않을 거야. 우리도 단단히 대비를 해뒀거든. 정신분석을 연구한 유능한 프로파일러를.

(부른다) 어이 이 검사!

검사　네 부장님

부장　프로파일러 연락해. 빨리 올라오라고

검사　네, (은밀하게) 그러니까 이 작자가 바로 그 RO라는……
　　　　그 문제의 유령단체를 조직했던……??

부장　그래, 레벌루션 오가니제이션이라는 혁명조직을…….

검사　(조심스럽다) 하지만 재판에서 1심 2심 모두 무혐의
　　　　로……?

부장　교묘하게 빠져나갔지. 아주 교묘하게. 보란 듯 우리 검찰
　　　　을 엿 먹이면서, 검찰 얼굴에 똥칠을 하고.

검사　(어떤 사명감) 알겠습니다. 곧장 불러오겠습니다.

검사2, 급히 퇴장한다.

부장　(서류를 보며 조롱하듯) 인간이 혁명을 꿈꾸는 것이 아니라
　　　　꿈이…… 그러니까 정확히 말해 꿈 자체가 이 사람 저
　　　　사람 머릿속을 옮겨 다니며 혁명을 선동한다? 바이러스
　　　　처럼? 아주 재미있는 가설을 만들어 냈어. 하지만 이번
　　　　엔 쉽게 빠져나가지 못 할 거야.

최박　(저자세) 혹시 저번…… 무죄 판결 때문인가요?

부장　전혀 아니라고는 할 수 없겠지.

최박　그것 때문이라면…… 오해가 없기 바랍니다. 제가 어떻
　　　　게 검찰을 우롱하겠습니까. 오직 저는 몸부림쳐 저의 무
　　　　죄를 증명한 것뿐입니다. 누가 부당하게 감옥에 가고 싶

겠습니까.

부장 RO라는 혁명단체 조직했어, 안 했어?

최박 아…… 그건.

부장 (윽박지른다) 했어? 안 했어!

최박 검찰에서 빼도 박도 못하게…… 해…… 했습니다.

부장 거봐, 했잖아!

최박 그건 혁명단체가 아니라 유령단체…… 글자 그대로 유령…… 네, 실체가 없는 조직입니다.

부장 어쨌든 만들었잖아!

최박 그러니까 존재하지 않는…… 만들었다면 그런 걸 만든 겁니다. 네, 강령도 없고 조직원도 없고 회칙도 없고 무기도 없고…… 순수하게 아무 것도 없는 유령단체. 즉 아무것도 존재하지 않는…….

부장 (윽박지른다) 존재하지 않아?

최박 그래서 유령 아닙니까. 유령단체. 어디에도 없는…… 페이퍼 컴퍼니는 종이라도 있지만 RO는 아무 것도 없습니다. 6개월 넘게 탈탈 털었잖습니까. 아무 것도 없는…… 실체가 없는 걸. (생각난 듯) 아 맞습니다. 그러니까 꿈, 꿈처럼…… 실체가 없는 꿈이야 말로 순수하게 실체가 없지 않습니까.

문 열리며 검사2와 프로파일러 들어선다.

프로   (들어서며) 실체가 없는 게 아니라 실체를 잡을 수 없는 거
            지요.

부장   (잔뜩 기대했는데 화가 난다) 그건 또 무슨 소리야? 실체가 없
            는 게 아니라 실체를 잡을 수 없다니! 그게 그거 아니야!

프로   (학술적으로 나오려 한다) 아닙니다. 실체가 없는 것은······
            존재하지 않는 것이지만

부장   (골이 아프다) 알았어, 알았으니까 이 친구 심리상태 감정
            해봐. 똥구멍에서 영혼 밑바닥까지 싹싹 훑어서. (서류 던
            지며) 자 이게 꿈의 내용이야.

부장검사, 프로파일러에게 자리를 내주고 일어난다.
그 자리에 프로파일러가 앉는다.

유희   (벽 너머 소리만) 저······ 검사님 무서워요.

검사   (옆방 향해) 아 네 갑니다. (부장검사에게) 저는······ 다른 사건
            이 있어서.

검사2, 급히 퇴장한다.

프로   (서류를 훑어보며) 그럼 시작해 볼까요? 그날, 그러니까 문
            제의 꿈을 꾸게 된 날, 약 같은 거, 드신 거 있나요? 대마
            초를 했다던가?

최박   아뇨, 없습니다.

프로 그럼 술은?

최박 술도 마시지 않았습니다.

프로 놀랍습니다. 맑은 정신에 이런 꿈을 꾸다니.

부장 그렇지? 정상적인 머리에서…… 심신미약 상태가 아니라고.

프로 심신미약이라뇨, 이건 제 정신에서 꾼 겁니다. 아주 냉철한 이성으로. 그래서 더 위험하다는 거죠. 범죄 가능성이 높고. 그럼 읽어보겠습니다. 사실과 다르면 아니라고 말씀하세요. (읽는다) 얇은 잠옷 차림의 여인이 거울 앞에 앉아 담배를 빨고 있다. 체 게바라가 즐겨 피우던 길고 굵은 하바나 시거이다. 붉은 입술 사이로 푸른 연기가 몽환적으로 퍼져나간다. 여기까지 맞죠?

최박 네 맞습니다.

부장 (끼어들며) 내가 뭐랬어? 체 게바라 나오잖아. 혁명아 체 게바라!

프로 (다시 읽는다) 나는 용기를 내어 그녀에게 부탁했다. "나도 한번 빨아보면 안 될까요?" 고혹적인 미소를 흘리며 여자가 시거를 건네준다. 시거는 이미 짧아졌지만 타들어가는 불꽃은 아직도 아름답다. 맞죠, 여기까지? 한 자도 추가가 되거나 빠진 거 없이?

최박 네, 없습니다.

부장 (자신감으로) 확실히 하자고. 있으면 말을 해. 나중에 딴소리하지 말고. 검찰에서 조작한 거 없는 거야? 한 글자도!

최박   네, 지금까지는.

프로   그럼 다음 보겠습니다. (다시 읽는다) 순간 나는 타들어가는 시거를, 대머리처럼 둥글고 번쩍이는 건물지붕을 향해 던졌다. 건물은 폭파되고 많은 사람들이 쏟아져 나온다. 앞에 선 여인이 붉은 색 치마를 벗어들고 춤을 추며 만세를 부른다. (서류 테이블에 던지며 결론 내린다) 이건 해석이고 나발이고 필요 없습니다. 시간 낭비예요.

부장   그냥 이대로 구속영장 쳐도 무리 없겠지?

프로   영장발부하세요. 프로파일러의 소견은 이렇습니다. 감춰져있던 잠재의식이 수면 위로 떠오른 겁니다. 폭력에 의한 국가전복!

최박   말도 안 돼! 그게 어떻게 국가전복이라는 겁니까!

프로   일단 체 게바라가 등장하잖소. 테러를 꿈꾸는 젊은이들의 우상, 길고 굵은 시거에 타들어가는 불꽃, 이게 뭐야? 뭘 상징합니까? 생긴 그대로 다이너마이트 아니오, 티엔티! 타들어가니 짧아지는 거고…… 타들어가는 도화선 아니오, 도화선!

부장   그렇지 치지지직…… 타들어가는 불꽃!

최박   이봐요. 꿈은…… 프로이드에 의하면…… 억압된 욕망의…….

부장   (무시하며) 프로이드가 여기서 왜 나와요! 프로이드가!

최박   꿈을 분석하려면 당연히 프로이드가.

프로   조용하세요. 이 꿈은 프로이드까지 들먹일 필요 없어요.

그럼 마지막 부분을 분석해 봅시다. 다이너마이트, 그러니까 불붙은 폭탄, 그걸 어디다 던집니까? 대머리처럼 둥글고 번쩍이는 건물 지붕, 여기가 어딥니까? 국회의사당 아닙니까!

부장 (신났다) 그렇지, 대머리처럼 둥그런 국회의사당

프로 국회의사당만 그렇게 생긴 게 아닙니다. 미 백악관을 잘 보세요. 백악관 지붕 둥그런 모자를 쓰고 있죠? 둥그렇게 툭 튀어나온. 로마 교황청의 베드로 성당, 모스크바의 크렘린 궁전, 옛 중앙청 건물도 마찬가지고. 자고로 국가와 권위를 상징하는 건물은 하나같이 그렇게 생겼어요. 우뚝 솟은 둥근 지붕이 권위적으로 번쩍번쩍. 거기다 던졌다는 거 아닙니까, 폭탄을!

최박 (항의) 저 이봐요.

프로 (무시하고) 건물이 폭파되니까 어떻게 돼요? 바로 이 대목이 클라이맥스입니다. 사람들이 쏟아져 나오잖아요? 쏟아져 나오죠? 함성을 지르며 거센 파도처럼. 앞장선 여인이 어떻게 합니까? 치마를 벗어 흔들어요. 붉은 색 치마를! 붉은 색이 뭡니까? 붉은 깃발 아니오!

부장 맞아, 휘날리는 붉은 깃발!

프로 (결론 내리듯) 이게 혁명이고 선동이 아니면 뭡니까?

최박 두 분 소설을 쓰는 겁니까?

부장 소설이 아니라 진실이야 팩트!

최박 꿈에 무슨 팩트가 있어요? 어차피 허상인데. 그리고 프

로이드에 의하면 꿈은.

부장 (무시하며) 프로이드 또 나오네. 또 나와.

최박 프로이드 학설 없이 어떻게 꿈을 해석한다는 겁니까?

프로 지금 전문가 앞에서 문자 쓰는 거요? (하다가) 그래 좋소. 당신 해석 한번 들어봅시다.

최박 꿈은 무의식 속에 억압된 욕망, 그 중에서도 성적욕망이 가면을 쓰고 불쑥 튀어나오는 것으로

프로 (가소롭다) 프로이드는 내가 전문가야. 쉽게 갑시다. 쉽게 가. 그래서 그 여인이 빨아대는 시거가 뭐요? 다이너마이트가 아니면?

최박 모르십니까? 남성의 상징, 남근 아닙니까!

프로 이 친구 왜 이래? 지저분하게. 그럼 여인의 붉은 입술은?

최박 그건…… 당연히 여성의 상징인…….

부장 이 친구 정말 지저분하게 나오는구만. 이번엔 19금으로 빠져나가겠다는 수작이야 뭐야?

최박 19금이 아니라 프로이드 식으로 해석하면.

부장 또, 또, 그놈의 프로이드야!

프로 (비교적 냉정하게) 좋소. 그럼 국회의사당과 백악관을 연상시키는 그 건물은 어떻게 설명할 거요?

최박 모르세요? 권위의 상징. 그것 또한 남근의 상징 아닙니까?

프로 (버럭) 백악관이 그거라니! 부끄러운 줄 알아야지!

부장 처음부터 까놓고 남자의 거시기 여자의 거시기로 가는구나! 난 그래도 네놈이 당당하게 나올 줄 알았다. 신념

을 굽히지 않고.

최박 나 신념 그런 거 없습니다. 어쩌다 음란한 꿈을 꾸었을 뿐이지.

부장 이 새끼 아직도.

프로 흥분할 거 없습니다. 백일하에 들어나지 않았습니까. 이 게 진보다 인권이다 혁명이다 떠드는 놈들의 민낯입니다. 깨끗한 척 떠들지만 실상은 쥐새끼들 아닙니까, 더럽고 비열한 시궁창에 쥐새끼들.

부장 (비하하며) 이따위 지저분한 꿈이나 꾸는 바퀴벌레 같은 것들. 적어도 혁명을 꿈꾸는 자라면 당당해야 하는 거 아냐? 민주니 인권이니 떠들었으면 최소한의 자존심은 지켜야지, (조롱하듯) 그런데 갑자기 19금으로? 이렇게까지 비굴해도 되는 거야? 오직 살아남기 위해, 혁명전사 께서? 하늘을 우러러 부끄럽지도 않아?

최박 적당히 하시죠.

부장 (소리친다) 적당히 해?

놀란 듯 검사2, 급히 나와 지켜본다.

최박 하늘을 우러러 한 점 부끄러움 없기를, 그 시를 들먹일 자격 있습니까? 대한민국 검찰이!

부장 뭐야?

최박 인간은 꿈꿀 자유가 있습니다. 아무리 음란한 꿈이라도.

부장   음란은 위장전술 아냐! 19금으로 빠져나가겠다는, 비겁하게!

프로   그래봤자 쪽만 팔리지 쉽게 빠져나갈 수 있겠습니까. 정신과 전문 프로파일러의 정신감정 소견서가 여기 있는데. (서류에 쓱쓱 사인 한다) 같이 첨부해 넘기세요.

부장   (서류 받으며) 결론은 뭐냐? 용의자의 잠재의식은 '오직 혁명으로 무장돼있다' 확실한 증거가 성립되는 거지.

최박   아니오, 나의 무의식은 성적욕구, 오직 성충동에 매달려 있어요. 고백하지만 밤이나 낮이나…… 발정난 개처럼 벌떡벌떡 억압된 성적욕망으로.

부장   어허, 왜 이렇게 지저분하게 나오시나?

최박   지저분한 게 아니라 그게 진실입니다. 부끄럽지만.

부장   (조롱하듯) 민주투사께서 이렇게 나오시면 되나? 마지막 순간까지 자존심을 지켜야지. (승리자처럼 서류를 들어 보인다) 이 정도면 법원에서도 빼도 박도 못하지. (서둘러 서명한 뒤, 검사2에게) 영장 법원에 넘겨. (하다가) 아니 내가 직접 가지. 이 친구나 잘 잡아 둬.

검사   네.

부장검사, 급히 계단을 오른다.

법원은 가까운 곳, 서너 계단 위에 위치한다.

대신 커튼이 쳐져있어 판사의 모습은 커튼 뒤 실루엣으로 보인다.

부장	(마음이 급하다) 빠른 처리를…… 도주와 증거인멸의 우려가 있습니다.
판사	(서류 받아 본다) …….
부장	저번 RO 사건 아시죠. 검찰을 엿 먹인 바로 그놈입니다.
판사	지금 장난하는 거요?
부장	(약간 초조) 장난이 아니라…… 증거인멸의 우려가…….
판사	누가 도주하고 누가 증거인멸을 한다는 겁니까? 꿈이? 그리고 꿈을 어떻게 소환할 거요?
부장	그거야…….
판사	꿈에다 수갑을 채울 수 있겠소? 어떻게 꿈을 재판정에 세울 거냐고!
부장	(저자세) 하지만 영장 기각되면 망신입니다. 검찰 위상이…….
판사	검찰은 망신당하면 안 되고 법원은 당해도 좋다? 구속영장 떨어지면 여론이 가만있겠어요? 꿈을 잡아다 재판하겠다는데. 차라리 원숭이를 잡아다 법정에 세우는 게 낫지!
부장	꿈을 재판하는 것이 아니라 꿈 꾼 위험분자를…….
판사	국민은 꿈 꿀 자유도 없단 말이요? 헌법에 의하면…….
부장	(급히 자르며) 대한민국 헌법에 꿈 꿀 자유는 없습니다.
판사	(몰랐다) 없어요, 헌법에? 꿈 꿀 자유가?
부장	없습니다.
판사	(큰일 났다) 이런, 꿈 꿀 자유가 없다니…… (화난 듯 서류를 찢

는다)

부장　(당황) 어어어.

판사　(다시 찢는다) 이따위 영장 남발하지 말아요! 검찰이 싼 똥
　　　을 왜 우리가 치워야 하냐고!

부장　(당황) 검찰이 싼 똥이 아니라…….

판사　똥을 싸 뭉개놓고 신문지로 살짝 감춘다고 냄새가 안 나
　　　냐고!

찢어진 영장 휘날리는데 암전.

2장. 검사실 10분 뒤

부장검사와 검사2 난감한 분위기.

귓속말을 주고받는다.

최박 그럼 난 가겠습니다. 수고하세요. (돌아서 문 쪽으로 향한다)

부장 (당황스럽다) 저기 잠깐⋯⋯.

최박 또 뭐가⋯⋯? 영장 기각 됐으면 끝난 것 아닙니까?

부장 (곤욕스럽다) 아 물론 끝났지만⋯⋯ (붙잡아 둘 명분이 없다) 커
피라도 한잔⋯⋯.

최박 입장을 바꿔놓고 생각해 보세요. 당신과 마주 앉아 커피
홀짝거리고 싶겠는가.

부장 지금 나가면⋯⋯ 밖에 신문기자들이⋯⋯.

최박 난 상관없소. 검찰이 곤욕스럽지 내가 무슨 상관이오?

부장 (사뭇 저자세다) 기자를 몰라서 그래, 속성을. 이순신 장군
이 뭐랬어? '내 죽음을 아무에게도 알리지 말라' 요즘 그
랬으면 난리 난다. 난리 나. 어떻게 긁어대느냐? '이 순
신, 허위보고 하도록 지시, 도덕성을 의심하지 않을 수
없음' 요따위로 쓰는 거야. 야비하게.

최박 기자들 검찰과 공생관계 아닙니까? 검찰이 흘려주면 그
대로 받아쓰는.

부장검사, 무슨 말인가 대꾸하려 하는데 검사2 급히 귓속말을 전한다.

검사 (귓속말을 한다)

부장 (귓속말) 진술이 구체적이고…… 거기다 일관성이 있다?

검사 (귓속말) 네, 몇 번씩 확인했는데…….

부장 (분위기 돌변 최박에게) 저 이봐! 잠시 대기실에서 기다려!

최박 기다리라…… 고요?

부장 (끌어가며) 이리 와. 잠시면 될 거야. 확인해 볼 게 있어서

최박 (거부하며) 이거 놔요. 그만큼 털었으면 됐지 뭘 또 확인한다는 겁니까?

부장 잠시면 끝난다니까!

최박 (거부하며) 놔요. 일분일초도 여기 있고 싶지 않다고!

부장 (밀어 넣으며) 협조 못 하겠다는 거야?

부장, 옥신각신 최박을 다른 방에 밀어 넣는다.
부장과 검사2, 머리를 맞대고 대화한다.

부장 (지푸라기라도 잡아야) 진술에 일관성이 있다. 이거지?

검사 이런 사건엔 특히 진술의 신빙성이 중요한 거 아닙니까?
(은밀하다) 거기다 자나 깨나…….

부장 (번쩍) 아하 잠재된 성적 무의식?

검사 그겁니다, 자나 깨나 성충동.

열심히 논의 중인데, 문이 빼꼼 열린다.

스카프로 얼굴을 가린 여자가 들어선다. 장모다.

장모   (조심스럽게) 김 서방…… 김 서방.

검사   (먼저 발견하고 멀뚱멀뚱) ……?

장모   (부장을 만나러 왔다는 손짓) …….

검사   (부장에게) 저…… 부장님.

부장   (돌아보고 기겁을 한다) 아니 여기 오시면 안 돼요. (밀어내려
       한다)

장모   안 되는 거 알지, 아는데 급해요. 비상이야, 비상사태.

부장   (곤욕스럽다. 밀어내려) 아무리 급해도 그렇지 여기는…….

장모   (꾸짖는다) 자네가 나한테 이럴 수 있나? 부장검사 높은 거
       알지만 이렇게 나오면 섭하지!

부장   (작은 소리) 알겠습니다. 장모님. 이번엔 또 무슨 사고
       를……?

장모   내가…… 이 늙은이가 표창장 위조한 것도 아닌데…….

부장   (손가락으로 입 가리며) 쉬쉬. 조용히.

장모   (더 크게) 표창장도 아니고 통장에 잔고증명 위조 좀 했기
       로서니 검찰에서 지랄염병 아닌가! 그놈들 다 자네 쫄다
       구 아녀!

부장   (쩔쩔맨다) 네, 쫄다구, 쫄따구죠. 통장 위조 액수가 얼마
       나?

장모   겨우 300억이여! 300억밖에 안 돼!

검사   (끼어들며) 그럼…… 그거 사기 아닌가요?

부장   너 이 시키 귀 막아! 귀 막고 있어!

검사   네. (귀 막으며 돌아선다)

부장   누구예요? 그쪽 담당검사?

장모   (명함 찾아 주며) 이놈이야, 이놈. 형사부에.

부장   (명함 받고) 형사부야? 알겠습니다. 조처할 테니 염려 말고 유럽여행이나 다녀오세요. 유럽여행. 대신 입 조심하시고요.

장모   그려, 수고 혀. 사위 좋다는 게 뭔가! 사위는 장모사랑 이여!

장모 퇴장한다.

부장 급히 전화 건다.

부장   (전화) 최순자, 잔고증명 위조 건 수사, 너야? 너 이 새끼 검사 동일체 알아 몰라? 검사 동일체! 내 장모님이면 네 장모다 이거야! (잠시 듣고) 그렇지, 니 장모가 내 장모고 내 장모가 니 장모고. (잠시 상대 말을 듣고) 뭐라고? 그럼 내 마누라가 니 마누라냐고? 미쳤나 이 새끼가! 어떻게 내 마누라가 니 마누라고 니 마누라가 내 마누라야?

검사   이 새끼, 제가 가서 박살을 내버릴까요?

부장   아냐, 우린 우리 할 일이 있지 않나. (수화기 내리며) 무슨 얘긴지 알아서 기겠지. (최박 사건으로 돌아간다) 그런데 우리가 어디까지 했지?

검사 자나 깨나 성충동까지 했습니다.

부장 그래, 자나 깨나 성충동. 거기까진 맞아 떨어지는데 중요한 건 저 친구 맞느냐, 이거지?

검사 이름은 모르지만 얼굴은…… 기억할 수 있답니다.

부장 (조급하다) 그럼 데려와, 한번 엮어 보자고!

검사2, 급히 돌아서 옆방 쪽으로 퇴장.
곧장 유희를 데리고 나온다.

유희 무슨 일인데요, 갑자기……?

검사 (손으로 가리키며) 저기 철창 안에 남자 보이죠?

유희 (살피며) 네.

검사 기억할 수 있어요? 그날 그 남자?

유희 (코를 예민하게 킁킁) 맞는 것…… 같아요.

부장 (의욕적이다) 그 남자 맞아요?

유희 (코 킁킁) 맞아요. 싸구려 향수…… 기억나요, 저 남성용 향수 맞아요.

검사 잘 봐요. 향수가 중요한 게 아니라.

부장 (강한 의지) 됐어. 그 정도면 된 거야. (급히 철창 쪽으로 간다)

부장, 최박을 끌고 나온다.

최박　이제 가도 됩니까?

부장　(조롱하는 미소) 가긴 어딜 가? 착각하면 안 되지.

검사　(격식을 갖춰) 당신을 성폭력 용의자로 정식 체포합니다. 당신은 이제부터 묵비권을 행사할 수 있으며 변호사를 선임할 권리가 있습니다.

최박　(벙벙하다) 성폭력이라니? 무슨 소립니까⋯⋯?

부장　앉아! 이번엔 빼도 박도 못할 거다. 바로 코앞에 증인이 있으니까

최박　증인? 아뇨, 난 응할 수 없소. 내가 왜? 이런 말도 안 되는 사건에 휘말려야 됩니까? (유희에게) 아가씨 날 알아요?

유희　(두려움, 몸 웅크리며) 아아아⋯⋯ 으으으.

검사　(유실에게) 진정해요. 진정해요.

유희　(조금 안정된다) 으으으⋯⋯ 으으으.

검사　진정해요. 됐어요. (최박에게) 봤소? 이 여자 반응. 그날 상처가 오죽했으면 보자마자 이런 반응을 보이겠소?

최박　검사님 우리 좀 더 인간적으로 살수 없겠습니까? 나야말로 하늘을 우러러 그런 파렴치한 행동할 사람 아닙니다.

부장　왜 이러시나? 네 입으로 자백했잖아!

최박　자백이요?

부장　낮이나 밤이나 성적욕구로 똘똘 뭉쳐 폭발할 것 같았다고!

최박　그건⋯⋯.

검사　그럼 진실이 뭔지 대질심문 들어갑시다.

최박 (기가 막힌다) 정말 왜들 이러십니까. 꿈이 불온하다고 잡아넣더니…… 이번엔 혁명에 좌절한 꿈이 여자를 상대로 사고를 쳤다는 겁니까?

부장 꿈은 물 건너갔고.

검사 (유희에게) 그날 당신을 겁탈한 용의자, 기억합니까?

유희 (기력을 차려) 이 향수……맞아요. 어려서부터 내 코는…… 귀신처럼…… 정확했어요.

최박 (자신도 자기 몸을 맡아본다) 아가씨 이거요? 싸구려 이 향수…… 이거 그냥 평범한 향수예요. 아가씨 잘못된 증언이 한 사람을 어떤 구렁텅이로 빠뜨리게 될지…… 그걸 생각해 봤어요?

유희 나한테 그런 말 하지 마세요. 난 몰라요. 모든 건 하나님이 알아서 할 거예요.

검사 하나님 없어도 우리가 해결해 드릴 거니까…… 자, 잘 보세요. 눈하고 코. 이 남자 맞아요?

두 사람 똑바로 마주 보고 앉게 된다.

유희 (잠시 바라본 다음 자신 없다) 글쎄요. 비슷한 것 같지만…….

검사 비슷해요? 자세히 보세요.

유희 얼굴이 둘이었어요. 두 얼굴.

부장 두 얼굴이요?

유희 네 두 얼굴. 사람은 다…… 누구나 똑 같아요. (조심스럽게)

한번 웃어보라고…… 해주세요.

검사　웃어 보라고요?

유희　네, 사랑스런…… 부드러운 미소요. 가벼운 농담을 던지면서…… 넌센스 퀴즈 같은 거요.

검사　(최박에게) 들었소? 한번 웃어 봐요.

최박　제발 그만 합시다. 나 배우 아니에요. 이런 분위기에서 농담 따먹기 하고 싶겠습니까?

검사　협조 못 하겠다? 그럴수록 불리해 질 거요.

부장　(윽박지른다) 감출 게 있으니까 협조 못 하겠다는 거 아니야! 캥기는 게 있으니까!

최박　알겠소. 해보겠습니다. (웃으려 노력하며 그러나 울상이다) 저기 있죠, 딸기가 직장에서 잘려 실업상태가 되는 걸 뭐라 하는지 아세요?

어처구니없는 퀴즈에 부장과 검사도 비실비실 웃는다.

최박　(사이) 모르세요? 딸기시럽…… 이요!

유희　맞아요. 이 얼굴, 한없이 친절하고 선량한…….

검사　(번쩍) 맞아요?

유희　(다시 자신 없다) 하지만 그건 반쪽 얼굴이라…… 자신할 순 없네요.

검사　(최박에게) 자 그럼 이번엔 야수로 돌변해 보슈. 겁탈하려고 덤벼들 때 표정 한 번 봅시다,

최박   (피곤하다) 힘드네요. 난 지쳤어요. 잠시 쉬었다 하면 안 되 겠습니까?

검사   여기가 모텔인 줄 알아? 쉬었다 하게!

최박   (지친 모습) 고문이 따로 없군요.

부장   우리가 고문을 했다고? 인권이 시퍼렇게 살아있는 이 시 대 민주검찰이?

최박   성폭행 사실이 없는 사람을 잡아다 성폭행 현장을 재연 하라는 게 고문이지 고문이 따로 있습니까!

검사   (위압적이다) 그래서 협조 못 하겠다는 겁니까?

최박, 지친 모습 가련하다.

최박   (힘들게 기운 차리며) 알겠습니다. 알겠어요. 해보겠습니다. (머뭇머뭇. 그러다 상처 난 동물이 울부짖듯 소리친다) 으아아아!

유실   (기겁을 하며 비명) 아아아!

최박의 분노만큼 갑자기 분위기가 혼란스럽다.

유희   (몸을 떨며) 마…… 맞아요. 악마, 악마예요!

부장   (자신감 좋아하며) 끝났네, 끝났어!

검사   (다시 확인한다) 아가씨 이 사람 분명한 거죠?

유희   네 악마요, 악마! 두 얼굴. 착하고 선한 얼굴. 똑같아요. 그래요. 악마…… 악마의 표정…… 모든 악마는…… 맞아요.

최박 (호소한다) 아가씨 이러면 안 돼요. 정말 나 맞아요? 내 얼굴 잘 보세요. 아가씨 잘못된 기억이 타인의 운명을 어떻게 만들지 생각해 봤냐고요? 난 아가씰 만난 적이 없는데…… 어디서 내가 그 짓을 했다는 겁니까?

유희 우리…… 집이요. 내 방…… 내 침대에서…… 숲속에 잠자는 공주 얘기 하다가.

최박 다른 사람과 착각한 걸 겁니다. 난 잠자는 공주 얘기한 적이 없다고요. 언제죠 그날이? 내가 아가씨를…… 덮쳤다는……. 아니 그렇게 했다는 그날이?

검사 3월 ○일 목요일. 닷새 전이오. 시간은 오후 4시 경.

최박 (생각하며) 목요일 4시경이요?

검사 그렇소. 목요일. 알리바이라도 있다는 거야?

최박 (확 살아난다) 있습니다. 확실한 알리바이가. 그날 병원에 있었습니다. 매주 수, 목 이틀은 병원에 갑니다. 간병하러, 그래요, 집사람이 입원해 있어서…….

부장 (대수롭지 않게) 알리바이 증명, 80프로는 허위야! CCTV 확인하면 곧장 들통 나게 되어있어!

검사 그럼 확인해 볼까요? 그것부터. 피해자 주변 CCTV 발빠르게 확보해 놨습니다. 집 앞 골목부터 슈퍼 앞 도로까지.

부장 좋아. 과학적 증거를 보여주자고.

검사2, 잠깐 자리를 비운다. 뒤이어 4개의 CCTV 화면이 흐른다.
행인들이 지나는 모습이 비친다. 특별할 것 없다.

부장 (화면 보며) 특별한 정황은 없고…… 쓸데없이 바쁜 사람들이 많구만.

검사 곧 나타나겠죠. 접근하는 인물이…….

최박 (지겹다) 저기…… 왜 눈 빠지게 이걸 봐야 합니까?

검사 시끄러. 언젠가 당신이 나타날 것 아냐?

최박 내가 왜 저기 나타납니까? 알리바이가 있잖아요. 알리바이. 내가 갔던 ○○병원 CCTV를 보면 답이 금방 나올 것 아닙니까.

검사 기다려 봐요.

최박 (호소한다) 이건 고문보다 더 하군요. 정말 지쳤습니다. 존재하지도 않는 유령단체 그 사건부터 3번째 아닙니까? 와라가라 검찰 소환에 재판에 꼬박 1년 넘는 세월을 보냈습니다. 심신은 황폐해질 대로 황폐해지고, 그건 죽음 같은 시간입니다.

검사 (작은 소리) 조용히 해요. 당신 알리바이를 찾고 있지 않소.

최박 나 한 사람이라면 견딜 수 있지만…… 가족은 무슨 죕니까. 집사람은 신경쇠약으로 6개월째 입원해 있고 가정은 풍비박산…… 난 이제 지칠 대로 지쳤습니다.

유희 (연민의 시선으로 최박을 살핀다) 이분…… 정말 피곤한가 봐요.

검사 신경 쓰지 마세요. 신경 쓸 것 없어요.

유희	(검사에게 조심스럽게) 저기요…… 그런데요. 어쩌면 이 사람이…… 아닌지도 모르겠어요.
검사	(놀라) 뭐라고요?
유희	그날 그 사람…… 범인이요. 인간은 다 그래요. 모든 사람이…… 똑같아요.
부장	뭐가 똑같다는 거요?
유희	두 얼굴이요. 친절한 미소를 보일 땐 누구나 선한 얼굴이고…… 강도처럼 험악하게 돌변할 땐 악마의 모습이고…… 누구나 똑같이…… 누구나 두 얼굴을 가지고 있어요.
검사	무슨 소리에요? 이제 와서 이 남자가 아니란 겁니까?
유희	확실해요. 인간은 누구나 두 얼굴을 갖고 있어요. (부장에게) 검사님도 마찬가지예요. 검사님 한번 웃어 보실래요?
부장	(당황스럽다) 농담하는 거요?
유희	증명해 드리고 싶어요. 웃어 보세요. 넌센스 퀴즈 같은 거 내면서…….
부장	(큰일 났다) 이거 뭐야? 진술이 일관된다더니…… 이 여자 이거 미친 거 아냐?
검사	(서둘며) 프로파일러 연락할까요?
부장	그래 빨리.

검사2, 핸드폰 찾으며 급히 퇴장한다.

최박   (여자에게) 그럼 전 아닌 거죠?

유희   (CCTV 화면 가리키며) 저기 안 나오잖아요.

최박   (일어나며) 그럼 나는 이만 가겠습니다.

부장   아니 앉아 있어요. 아직 끝난 게 아니니까…….

최박   이래도 되는 겁니까? 다른 사건도 많은데…… 죄 없는 사람 잡아놓고. 이게 공정한 법 집행이고 법 앞에 평등입니까?

부장   무슨 소리야?

최박   검찰 간부가 개입된 사건들 한둘입니까? 그거 손 안 대고 있잖아요. 여론이 들끓어도.

유희   맞아요. 검찰은 악마에요.

부장   (화났다. 버럭) 이 여자 무슨 소리야? 검찰이 악마라니, 어디서 함부로!

유희   거봐요. 악마의 얼굴 숨기고 있잖아요. 그게 드러날까 봐 웃지 않은 거 알아요.

최박   검찰이 개입됐거나 검찰 간부가 연루된 사건. 몰라서 손 안 대는 거 아니잖아요? 제 식구 감싸려고 손 안 대는 거지. 검찰간부 뇌물 및 성상납부터 그 예를 구체적으로 들어볼까요?

부장   이봐. 충고 한마디 할까? 법 앞에 평등? 그걸 진실로 믿는 놈들. 그걸 실천하겠다는 놈들. 그건 다 우리 적이야. 그래서 끝까지 엮어 넣어야 되는 거야.

최박   법은 세상을 바로 하려는 거지, 처음부터 그렇게 추악하진 않았을 겁니다.

검사2와 프로파일러 들어선다.

부장　　이 여자 정신감정 해봐.

프로　　(놀라) 아니 유 양, 여기 왜 와 있는 거야?

유희　　(프로파일러 품에 덥석 안기며) 선생님!

부장　　아는 여자요?

프로　　제가 치료 중인 환잡니다.

검사　　그럼 이 성폭행 사건은 뭡니까?

프로　　꿈이죠. 이 여자 꿈입니다.

부장　　또 꿈이야?

검사　　꿈인데…… 어떻게 진술이 이처럼 일관되고 정확할 수
　　　　　있습니까?

프로　　그러니까 병이죠. 이 환자는 자신의 꿈을 현실보다 더
　　　　　현실로 받아들여요. 꿈을 아주 정교하게 현실화 시키는
　　　　　거죠. 가상현실 속에 사는 여잡니다.

최박　　자 그럼 저는 가겠습니다. 다시 만나지 않도록 하죠.

부장　　…….

최박, 돌아서 가는데.

유희　　하지만 어쩌면…… 저 사람 맞는지도 몰라요.

부장 이봐. 들었나? 자넨 다시 만나기를 원치 않지만 세상엔 이런 여자도 많거든.

최박 아뇨. 그럴 일은 없을 겁니다.

부장 과연 그럴까? 검찰을 너무 과소평가하는 거 아냐?

최박, 문을 열고 나가는데 소영이 들어선다.

3장. 막간극

최박, 커피숍 앞을 지나는데 프로파일러가 막아선다.

프로 (명함 주며) 조동일보 박 기잡니다.

최박 조동일보요? 프로파일러 아니고요?

프로 그렇게들 오해합니다. 쌍둥이에요. 배우가 모자라 1인 2역. 왔다 갔다 하죠. 어쨌든 지금은 기잡니다. 특종을 찾아 헤매는 민중의 목소리, 기자증 보여드릴까요?

최박 (별 관심 없다) 아뇨 됐습니다. 어차피 썩은 고기를 찾아다니는 거 아니오? 하이에나처럼.

프로 아하 어쨌든 정보 하나 드리지. 따끈따끈한. (커피숍으로 잡아끈다)

그렇게 두 사람 마주 앉게 된다.

프로 최 선생 솔직히 혐의가 없으시지?

최박 처음부터 그런 거 아닙니까? 그래서 화가 나는 거구요.

프로 그런데 검찰에서 왜 그렇게 물고 늘어지는지 몰라요?

최박 모르겠어요.

프로 이렇게 순진하다니까. 촉이 안 와? 동물적인 감각으로? 최 선생은 잔챙이야, 잡아넣어도 그만 안 해도 그만! 그런데 왜 이렇게 검찰이 집요할까? 집히는 게 없냐고!

최박 글쎄…… 없는데요.

프로 선배 있잖아, 선배 겸 동지! 소…… 소시민이든가 개시민이든가…….

최박 개시민이 아니라 한…… 시민…… 선배요?

프로 그렇지 한시민. 노무자 재단의 스피커. 보통 스피커야, 고출력이잖아!

최박 그 선배가 왜? 2년 가까이 만난 적도 없어요.

프로 그래도 만났다고 해. 그럼 끝나. 그럼 내가 특종 기사 꽝! 무장혁명을 꿈꾸는 최박, 그의 윗선 한시민이 사주했다 카드라!

최박 왜 이래요? 만난 적 없다고 했잖소!

프로 그래서 카드라 아니야? 카드라! 언론에서 선방 날리면 그 다음은 검찰에서 착착착. 그럼 최 형은 집에 가서 발 뻗고 자도 돼. (신났다) 4·19 묘지에서 만났다고 할까? 아 그건 내가 알아서 할 거고, 자 갑시다. 한잔 빨러!

최박 …….

프로 (일어나며) 누이 좋고 매부 좋고. 시나리오 다 나와 있어. 부장검사와 끝난 얘기라니까.

최박 (어처구니없다) 그게 말이 됩니까? 그걸 말이라고 해요?

프로 씨알이 먹히겠냐? 염려 없어. 대한민국은 검찰의 나라야, 계속 그렇게 굴러가게 되어 있어. 검찰의 나라!

최박 그렇게 굴러 가다니? 크게 잘못 된 거 아닙니까! 어떻게 검찰의 나라요? 대한민국은 민주공화국이지.

프로   그건 초등학생이나 외우는 헌법 제1조 아냐? 코흘리개들!무시해. 대한민국은 누가 뭐래도 검찰의 나라야. 해방 이후 줄기차게 쭉 그렇게 이어져 왔잖아. 이어져 갈 거고!

최박   당신은 쓰레기야.

프로   나 쓰레기 아냐, 내가 왜 쓰레기야? 기레기지. 아, 그 문제는 됐고. (다시 본론으로) 염려할 거 하나 없어. 시나리오 완벽하다니까. 이미 성공사례 무궁무진 많아요. 대통령 영부인께서 금시계 뇌물로 받았다 카드라. 수사망이 좁혀오자 논두렁에 버렸다 카드라. 몰라? 또 있어. 유명숙 총리 00 회장에게 뇌물 9억 받았다 카드라. 의자가 받았는데 의자는 말이 없다 카드라. (기고만장) 자 가자고. 한잔 빨러. 쫄깃쫄깃한 계집애 하나 붙여줄게! (하다가 멈칫) 가만, 지금 대화 녹음한 거 아니지?

암전.

4장. 재판정

서기 기립!

부장검사, 소영, 최박, 자기 자리에서 일어난다.
문이 열리고 천천히 그림자가 들어선다. 판사의 그림자다.
판사는 권위를 상징하는 우뚝한 모자를 썼다.
판사, 재판장석에 앉는다. 거대한 그림자가 그의 등 뒤에 걸린다.

서기 착석해 주십시오.

부장, 소영, 최박, 자기 자리에 앉는다.

판사 (공적인 대사가 아니라 사적으로) 최 선생 자주 봅니다.

최박 면목 없습니다. 벌써 두 번째 뵙는군요.

판사 그런데 옆 자리가 비었소이다. 시간이 몇 신데…… 변호인은 늦는 거요?

최박 변호인은 안 옵니다.

판사 무슨 말이오, 안 오다니?

최박 변호사 선임할 만큼 대단한 사건이 아니라 내가 나를 변호하기로 했습니다.

판사 변호사 비용 그거 몇 푼 된다고 그걸 아끼는 거요?

최박　내가 나를 변호해도 충분합니다. 이 사건은.

판사　(자상하다) 무죄를 자신한다 해도 세상을 그렇게 살면 안 돼요. 변호사도 먹고 살아야 할 것 아니오.

부장　재판장님 이의 있습니다. 그런 사적인 얘기는…….

판사　(버럭 화났다) 이의가 있다니! 요즘 검찰 왜 이렇게 설쳐 대? 간땡이가 배 밖으로 나온 거야! 여긴 법정이요! 내 가 이 신성한 법정에 재판관이고! 법정에서의 권한은 나 한테 있는 거 모릅니까?

부장　그건 알지만…… 피의자와 사적인 얘기를 나누는 건…….

판사　(망치를 집어 든다) 난 아직 이 법봉을 두드리지 않았소이다. 신성한 이걸 세 번 두드려야 비로소 개정이 되는 거요. 나는 이걸 두드릴 때마다 깊이 생각합니다. 나는 무엇을 위하여 망치를 두드리는가?

판사, 망치를 두드린다.

판사　검사, 논고 시작하시오.

부장　본 사건은 이상심리 스토커에 의한 폭행테러 사건으로 지난 3월 16일 21시 30분 경, 피의자 최박은 피해자 김 소영의 뒤를 미행하다가 으슥한 골목에 이르러 기습적 으로 몸을 날려, 피해자의 코뼈가 부러지고 무릎 뼈가 부서지는 상해를 입혔습니다. 이를 근거로 검찰은 살인 미수로 기소하는 바입니다.

판사	피해자 일어나시오.
소영	(자리에서 일어난다) 네.
판사	피해자는 극우보수단체의 열성 조직원입니까?
소영	아닙니다.
판사	(놀랍다는 표정) 아녜요?
소영	네.
판사	(고개 갸웃) 아니야? 그럼 피습 당시 많은 돈을 지니고 있었습니까?
소영	아닙니다.
판사	(헛갈린다) 아니라고?
소영	네 잔돈 2만 원 정도…… 돈은 없었습니다.
판사	(검사에게 최박을 의미하며) 검사, 그럼 미친 거요?
부장	아니오. 피의자는 심신미약 아닙니다.
판사	(헛갈린다) 미치지 않았다면 뭔지 이상하잖소? 내가 아는바 피의자는 혁명을 꿈꾸는 혁명론자요. (최박에게) 맞지요?
최박	아…… 네…… 저는.
판사	네, 아니오, 로 대답하세요. 네, 아니오.
최박	(대답하기 힘들다) 아…… 네…… 네.
판사	그래요, 혁명을 꿈꾸는 혁명론자가 극우보수 여성을 테러했다. 이건 범죄동기가 충분합니다. 아니면 은행서 돈 찾는 걸 봤다. 그럼 혹 돈 욕심 때문에 덮칠 수도 있겠지만…… 돈도 없는 여자를 무슨 이유로 덮칩니까? 피해자 일어나 돌아서 보세요. 방청석을 향해.

소영. 일어나 관석을 향해 선다.

판사　(관객에 질문) 어때요? 남자들이 대로변에서 덤벼들 정도로 섹스어필 합니까?

소영　(안경 벗으며 항의) 내가 왜? 어디가 어때서? 발언 취소하세요!

방청석 포함 재판정이 소란스러워진다.

부장　재판장님, 이의 있습니다!

판사　이의 신청 받아드립니다. 말씀하세요.

부장　이런 모욕적인 발언은 인권모독이란 점 밝히며, 빠른 진행을 위해 그냥 넘어가겠습니다. 재판장께선 피해자를 덮칠 개연성이 없다고 했는데, 아닙니다. 여기 피의자는 혁명론자가 아니라 일개 섹스에 굶주린 이상 성도착증에 불과합니다.

판사　(놀랍다) 그래요? 혁명을 꿈꾸는 자 아녜요? 혁명에 의한 국가전복?

부장　아닙니다.

판사　먼저 번 청구한 영장에 분명 그렇게 적시했잖아요? 오직 혁명만을 꿈꾸는 불순분자라고? 아닌가요?

부장　(허를 찔린 듯 곤욕스럽다) 아 그건…….

판사　꿈속에 여인이 빨아대는 굵고 긴 시거요. 그거! 혁명아

	체 게바라가 즐겨 피우는…… 생각 안 나요? 불붙은 다이너마이트의 상징이라고 적시 했잖아요?
부장	아 그건……다이너마이트가 아니라 남근입니다. 남성의 상징!
판사	(놀랍다) 남근이라면 남자의 거시기……? 그걸 말하는 겁니까?
부장	네, 거시기요. 이자의 머릿속은 온통 성적욕구로 부글부글 들끓고 있습니다.
판사	어제 영장엔 혁명투쟁으로 들끓고 있다고 적시하지 않았습니까!
부장	(답변이 힘들다) 어제는 어제고 오늘은 오늘입니다. (돌아서 최박에게) 피의자 답변하시오. 당신 머릿속은 오직 성충동, 성적욕구로 꽉 차 있지요?
최박	(잠시 주춤거린다) …….
부장	성충동으로 들끓고 있으니 이 여자를 덮친 거 아닙니까, 섹스어필과 거리가 멀어도! (다구 친다) 그래요? 아녜요?
최박	난 그날 조사 때 충분히 밝혔습니다.
부장	그러니까 성적욕구로 이글거리는 거지요!
최박	난 그렇다고 주장했지만…… 검사님께서 아니다, 거짓이다, 라고 몰아 붙였잖아요.
판사	(방망이를 신경질적으로 두드린다) 분명하게 말하세요. 뭘 어떻게 말했는데 뭐가 아니라는 건지, 명확하게!
최박	내 꿈은 지저분한 성적욕망에 몸부림친다고 솔직하게

진술했습니다. 그런데 검사님은 아니다, 혁명에 의한 국가전복을 꿈꾸는 위험한 혁명분자다라고 했습니다.

판사　맞아요? 혁명을 꿈꾸는 혁명론자?

최박　(약간 생각하다) 네 맞습니다.

부장　이의 있습니다. (최박에게) 당신 그날 반대로 말했잖아! 혁명론자가 아니라 성충동에 몸부림치는 성도착자라고.

최박　그렇게 말했습니다.

부장　그렇게 말해놓고 이제 와서 번복하는 거 아니오!

최박　번복이 아니고, 어제는 어제고 오늘은 오늘입니다.

부장　진술을 이랬다저랬다 해도 되는 거요?

판사　검사는 유도심문을 삼가시오.

부장　유도심문 안 했습니다.

판사　(꾸짖듯) 유도심문이 아니면 뭐요? 지금 이랬다저랬다 하는 게 누굽니까! 이랬다저랬다 하는 사람이 누구예요? 검찰이 이랬다저랬다 하니까 이쪽도 이랬다저랬다 하는 거 아닙니까!

부장　하지만 피의자가 진술을 이랬다저랬다 번복하면…….

판사　(위압적이다) 오죽하면 그러겠소! 피의자는 자기 방어권이 있어요. 자기 방어를 위해 백번 이랬다저랬다 해도 됩니다. 하지만 검찰이 이랬다저랬다 하면 되겠습니까! (사이) 본인이 판단하는바 피의자는 성도착증자가 아니라 혁명론자요. 근거는 1년 전 재판이오. 바로 이 법정에서 이루어졌고 당시 재판관은 바로 나였습니다. 맞죠?

부장	맞습니다.
판사	그때 혐의가 뭐였습니까? 혁명단체 조직 및 국가전복 예비음모 아닙니까? 혁명조직!
부장	(적극적으로 반론) 재판장님! 혁명조직은 실체가 없는 유령단체입니다! 강령도 없고 조직원도 없고 회칙도 없고 권총 한 자루 없는…… 글자 그대로 아무 것도 없는 유령조직. 착각하면 안 됩니다. 존재하지 않는 조직예요.
판사	존재하지 않는 유령단체다?
부장	(적극적이다) 그래서 유령 아닙니까. 실체가 없는! 총 한 자루 없이 어떻게 무장혁명입니까!
판사	그래도 검찰에선 엮어 넣으려 했잖아요! 실체가 없는데도 국가전복 예비음모로!
부장	(곤욕스럽다) 아…… 그때는…… 그때고…… 지금은…….
판사	(몰아붙인다) 여긴 법정예요, 신성한 법정. 어물쩡 넘어가면 안돼요. 존재하지 않는 혁명조직, 누가 만든 겁니까?
부장	네?
판사	누군지 필요하니까 만들었을 것 아닙니까? 필요하니까. 누구예요? 필요한 사람이?
최박	전 아닙니다. 시민운동으로 충분한데 무장혁명조직이 왜 필요합니까?
판사	(쿡 찌르듯) 그럼 검찰이 필요한 거요?
부장	(화내며) 검찰이 왜 필요해? 혁명조직이!
판사	그럼 누구야? 절박하게 필요한 사람이?

유희 (갑자기 끼어들며) 검찰이요!

유희, 자리에서 일어난다.

순간 침묵. 모든 시선이 유희에게 쏠린다.

유희 모두 두 얼굴을 가졌듯 검찰도 두 얼굴이잖아요. 그래서 검찰은 검찰 내부의 개혁, 즉 혁명이 필요했다고요. 아주 절박했다고요.

판사 저 여잔 누구요?

프로 (유희를 잡아 앉히며) 아 네…… 검찰 측 증인인데…… 약간 맛이 간…….

판사 누군지 똥끝이 탔구만. 맛이 간 여자 증언까지 필요하고.

프로 (유희에게 면박) 이 대목에서 튀어나오면 어떡해!

분위기는 어수선하다.

부장검사는 실수를 깨달으나 이미 늦었다.

그때 소영이 구원하듯 나선다.

소영 재판장님. 나 코뼈다구가 나갔다고요! 이 사건 진행 안 할 건가요?

판사 이게 다 한 사건입니다. 다 연관돼 있어요. 피의자는 1년 넘게 끌려 다니고 있어요.

최박 1년이 아니라 2년입니다. 나 한 사람 어쩔 수 없다 해도 가족이 무슨 죕니까. 한 가정이 철저하게 파괴되었습니다.

판사   (연민) 역사 이래 혁명가는 다 그런 고통스런 가시밭길을 걸었지요.

부장   재판관님, 신성한 법정이 갑자기 센티멘털로 흘러도 되는 겁니까?

판사   알겠소. 검찰은 결정적인 증거를 가지고 있다고 했던가요?

부장   네. 피해자를 덮치는 결정적인 영상을 증거로 제출합니다.

판사   좋습니다. 돌려보시오.

실내 약간 어두워지며 영상이 돌아간다.

당시 CCTV 화면이다.

간선도로. 소영이 걸어온다. 차량이 스쳐지나간다.

부장   보이시죠? 피해자의 모습

소영   어제 밤 9시 신림시장 근처에요.

행인이 지나가고 조금 뒤 최박의 모습 나타난다.

차량도 지나간다.

부장   저 뒤에…… 피의자가 나타났습니다.

최박   나는 그 길을 지나갔을 뿐이에요. 우리 집이 그쪽이라…….

판사 당신은 입 다물어요. 그런데 두 사람 거리가 꽤…… 10
미터 이상 되지 않습니까?

부장 걸음이 빠르잖아요. 서서히 좁혀질 겁니다. 보세요. 표범
이 먹잇감을 덮칠 때처럼

자동차 불빛이 스친다. 그 불빛에 그림자가 떠오르기 시작한다.

부장 자, 주의해 보십시오. 길이 갈라지는 곳에서…….

소영 네 계속 따라붙다가 갑자기…….

화면, 보행자보다는 그림자가 강조되기 시작한다.
소영과 최박의 간격이 4–5미터 정도 좁혀졌다.
다시 스치는 자동차 불빛. 그림자 거대하게 일어난다.

소영 바로 여기!

거대한 그림자가 소영을 덮친다. 소영 앞으로 넘어진다.
화면이 끝난다. 실내가 밝아진다.

부장 잘 보셨습니까? 덮치는 장면?

판사 (의문) 사람이 아니라 그림자가 덮친 거 아니오?

소영 아닙니다. 이 사람이 덮쳤어요.

최박 난 그냥 지나갔어요. 그 골목으로.

판사   내 눈엔 그림자가 스친 건데?

부장   아닙니다. 이자가 따라왔잖아요. 스토커처럼.

판사   그럼 다시 한번 보지요. 사람인지 그림자인지?

실내 다시 어두워지고 영상이 돌아간다.

그림자들이 거대하게 일어났다 스친다.

영상 끝나고 실내 밝아진다.

부장   재판장님 분명하잖아요?

판사   거의 확실하군요. 그림자!

소영   그림자 아니라니까요!

판사   왈가왈부 떠들 거 없습니다. 다행히 또 본 사람들이 있으니까. (방청석에 묻는다) 방청석에 계신 분들은 어떻게 보셨습니까? 공정하게 판단해주시기 바랍니다. 누가 덮친 겁니까?

몇몇 방청석 반응이 있을 것이다.

판사   맞습니다. 다시 확인한바 그림자가 덮친 것도 아니고 정확하게 말해 그림자가 그냥 스친 겁니다.

부장   아니 그게 아니라…… 그래도…….

판사   그래도 뭐요?

부장   이 여자가 괜히 쓰러집니까? 그림자가 영향을 준 것 아닙니까.

판사　그림자가 밀었나요? 밀어도 힘이 가해져야 쓰러지는 거 아니오? 그런데 그림자에 무게가 있나요?

부장　무게가 없다 해도…… 공포분위기를 만들어낼 수 있습니다. 그림자가 만들어내는 공포분위기요!

판사　(고개 갸웃) 그림자가 공포분위기를 제공했다? 그럼 그림자를 잡아다 소환할 일이지 왜 애매한 사람을 재판정에 끌어오는 겁니까? 피곤하게!

부장　그림자를 소환하라고요?

판사　(이미 판정을 준비한다) 본 사건은 자동차 헤드라이트에 비친 그림자가 불러온 해프닝으로 본 법정은 (법봉을 치켜들며) 무죄를 선고하는…….

부장　(급히 저지하며) 재판장님! 긴급동의 있습니다. 왜 이렇게 서둘러 끝내려는 겁니까?

판사　(방망이 두드리던 손을 멈추고) 사건 같지도 않은 사건, 시간 끌 이유가 없잖소. 할 말 있으면 간단명료하게 말씀하세요.

부장, 자리에서 나와 판사 앞으로 간다.
그리고 조용히 귓속말을 전한다. 그러나 방청석까지 들린다.

부장　죽을래? 옷 벗고 싶어?

판사　(어처구니없다) 죽을래……?

부장 방망이 함부로 휘두르지 말라고. 지난여름 네놈이 한 짓을 알고 있어.

판사 (제법 저항적이다) 내 뒷조사를 했다? 그거 불법 사찰 아냐? 수사권 가지고 협박하면 그게 깡패지 검찰이야!

부장 그래 나 깡패야. 오성 재벌 세금탈루 사건, 어떻게 된 거야? 뒷돈 챙기고 집행유예로 풀어줬지? 상장 주식 5만 주!

판사 (갑자기 저자세) 그건…… 원래 재벌에 대해선 관행적으로…….

부장 또 있어. 마누라 땅 사기 사건에 멀쩡한 아들 놈 군대 면제. 네놈 파일, 캐비닛으로 하나가 차고도 넘쳐!

판사 (무릎 꿇어 비는 자세) 하이고 그럼 어떻게? 몇 년 형을…… 때릴까요?

부장 (예의 바른 태도로 돌아가며) 알면서 왜 그래요?
아주 적당하고도 공정하게 1년 정도 어떻겠습니까?

판사 (오히려 적극적이다) 아닙니다. 아니에요. 1년 가지고 되겠습니까. 10년 때리겠습니다, 10년!

부장 그건 알아서 하세요. 법과 원칙에 따라.

판사 네, 네. 법과 원칙에 따라…….

부장검사, 자기 자리로 돌아가고

판사 (망치를 두드린다) 재판을 속개하겠습니다. 본 법정은 죄질이 고약한 최박에게 징역 1년, 그리고 그를 따라다니며 범행을 도운 흉악범 그림자에게 징역 9년, 도합 10년형을 선고합니다. (땅땅땅)

최박　(항의한다) 10년이라니? 이 법정은 피의자 변론도 없습니까! 최후 변론의 기회를 주시오!

소영　그냥 끝내요. 최후 변론이 왜 필요해!

최박　그림자에게 9년 형이라니, 그림자가 무슨 죄가 있다고! 이게 말이 됩니까? 그림자가 9년, 약 먹었어요?

판사, 자리에서 일어나 최박에게로 온다.

그의 표정은 울 것처럼 애처롭고 가련하다.

판사, 최박의 귀 가까이 입을 가져간다. 역시 방청석까지 다 들린다.

판사　사정이 그렇게 됐네. 자넨 1년 아닌가? 1년 금방 가요.

최박　하지만 그림자는 무슨 죄가 있다고…… 그림자가 9년씩이나, 이게 말이 되냐고요!

판사　(애처롭다) 그림자는 자네가 아니잖아? 감옥에서 9년씩 썩어야 하는 건 자네가 아니라 그림자라고.

최박　(차라리 헛웃음이 나온다) 감옥에서 그림자가…….

판사　(애처롭다) 사정이 그렇게 됐어요. 뒷조사 파일이 캐비닛 하나가 넘는데요.

최박　그래도 법과 원칙에 따라…… 그래야 법이 바로 서고 나라가 바로 서는 거 아닙니까?

판사 이 나라는 검찰의 나라야. 아주 오래된 전통 아닌가. 한 번 찍히면 죽어요. 빨갱이로 몰지 않은 것만도 다행으로 알게.

최박 그러니까 바로 잡아야 하는 거 아닙니까. 싸워서라도! 법원까지 썩으면 어떻게 됩니까, 나라꼴이!

판사 (가련하다) 이 사람아, 왜 이러나? 나를 더 이상 초라하게 만들지 말게.

최박 (단호하다) 아뇨. 내가 꾼 혁명의 꿈이 어느 특정 개인의 것이 아니듯 그림자 또한 내 것이 아닙니다.

판사 그래, 그림자는 자네가 아니야. (하다가 헛갈린다) 그럼 누구의 그림자지?

최박 태어날 때 우리가 그림자를 갖고 태어났습니까? 그림자는 허상입니다. 태양이 떠올라야 비로소 그림자가 생겨요. 하지만 찬란한 태양이 만들어낸 그림자에 놀라는 사람은 없습니다. 그림자는 어둠 속, 인공의 불빛 아래 활개치기 시작하는 겁니다. 어느 각도, 몇 미터 거리에서, 어떤 의도로 비추느냐에 따라 그림자가 커졌다 작아졌다 현장이 조작되고 범죄가 구성되는 겁니다.

부장 (제 발이 저리나 보다) 조작이라니…… 무슨 소리야?

최박 피해자도 조작, 증인도 조작, 그런데 그림자 하나 조작 못 한단 말입니까. 나는 그날 내 등 뒤에서 비친 승용차의 헤드라이트 불빛을 의심합니다.

소영 (코에 붙인 반창고를 잡아 떼며) 그럼 박살난 내 코뼈다구가 조
작이라는 거야? (물론 코는 상처 없이 깨끗하다)

최박 그림자엔 무게가 없습니다! 그럼 당연히 의심해 봐야 하
는 거 아닙니까! 진실을 밝혀야 하는 거 아니냐고요!

판사 진실? 진실이 뭔지 아나? 옳고 그름이 진실이 아니야. 누
군가가 믿고 싶은 거, 그것이 진실이네. 정의도 마찬가지
고. 승자의 논리가 곧 정의야. 옳고 그름은 중요하지 않아.

최박 (처절하다) 옳고 그름이 중요하지 않다니, 당신은 법관예
요. 최고의 양심! 그런데 옳고 그름이 중요하지 않다니!

판사 다시 말하지만 옳고 그름은 중요하지 않아. 어느 편에
서 있느냐가 중요한 거지!

최박 진실 앞에서 어느 편이 왜 필요합니까! 어느 편이!

판사 어느 쪽에서 바라보느냐에 따라 진실도 달라지는 거네.
180도.

최박 (기가 막힌다) 진실이 진영 논리에 따라 변한다고요? 진실
이! 재판장님 법원마저 이렇게 썩어도 되는 겁니까?

부장 (반말이다) 재판장, 이렇게 떠들게 놔둬도 되는 거야?

판사 아, 네네. (빠르게 자리로 돌아가 방망이를 휘두른다) 정숙, 정숙
하시오! 본 법정은…… 법정 모독죄로 최박을 법정 구속
을 명한다! 땅땅땅! (소리친다) 청원 경찰!

청원 경찰, 최박을 끌어낸다.

최박   (뿌리치며 소리친다) 이게 법이오? 최후의 양심 사법부까지 이 지경이니 혁명을 꿈꾸는 거 아닙니까!

경찰   나와! 입 다물고!

최박, 경찰에 끌려 나간다. 층계를 오른다.
최박, 층계에서 돌아서 최후진술을 대신해 한마디 한다.

최박   보셨습니까? 이게 법입니다. 한번 물면 절대 놓지 않아요. 저는 졸지에 시국사범도 아니고 아주 지저분하고 파렴치한 성폭력 미수범으로 전락했는데, 뭐 꼭 잡아넣겠다는데 어떡하겠습니까. 검찰의 나라에서.

최박의 뒤쪽으로 거대한 그림자가 일어난다.
그림자가 허수아비처럼 웃기게 펄럭인다.

최박   내가 꾼 혁명의 꿈이 어느 특정 개인의 것이 아니듯 그림자 또한 내 것이 아닙니다. 그림자는 어느 위치, 어느 각도에서, 어떤 의도로 빛을 비추느냐에 따라 커졌다 작아졌다 현장이 조작되고 범죄가 구성되는 겁니다. 그리고 재판관이 한 말 기억하십니까? 진실에 대해서. 그렇습니다. 진실은 옳고 그름의 판단이 아닙니다. 누군가 믿고 싶은 거, 그것이 진실입니다. 정의라는 것도 마찬가지, 이쪽 진영의 정의는 저쪽 진영에선 불의가 되는 겁니다. 그림자 재판이라…… 어처구니가 없어 눈물도 안 나옵니다. (판사의 판결을 흉내 낸다) 본 법정은 죄질이 고약한 최박에게 징역 1년, 그의 분신으로 범행을 도운 흉악범 그림자에게 징역 9년, 도합 10년형을 선고한다. 땅땅땅!

백색 스크린에 자막이 떠오른다.
타자 치듯 퍽 퍽 퍽 글자가 한 자씩 찍힌다.

1969년 동베를린 간첩단 사건
1974년 민청학련 사건
1980년 김대중 내란음모 조작 사건
1981년 부림 사건
1987년 박종철 고문치사 축소은폐 사건
1991년 강기훈 유서대필 사건
2006년 탈북민 유우성 서울시 공무원 남매 간첩사건
2019년 조국 전 법무부장관 일가족 표창장 위조사건

검찰조작 사건으로 의심되는 사건기록들 퍽 퍽 퍽 찍히며.

幕.

＊오프닝과 장모는 공연을 위한 대본으로 추가되었음을 밝힌다.

한국 희곡 명작선 50

그림자 재판

초판 1쇄 인쇄일   2021년 1월 10일
초판 1쇄 발행일   2021년 1월 20일

지 은 이   오태영
만 든 이   이정옥
만 든 곳   평민사
           서울시 은평구 수색로 340 〈202호〉
           전화 : 02) 375-8571
           팩스 : 02) 375-8573
           http://blog.naver.com/pyung1976
           이메일   pyung1976@naver.com
등록번호   25100-2015-000102호
ISBN   978-89-7115-748-0 03800
           978-89-7115-663-6 (set)
정   가   6,000원